Toi qui tiens ce livre entre tes mains, je te remercie de tourner ses pages.
J'ai imaginé son histoire et j'ai peint ses images avec beaucoup d'attention.

Je te conseille de prendre le temps de bien regarder, tu pourras saisir une multitude de choses.

Si tu es une grande personne, tu imagines peut-être que ce livre n'est pas pour toi, car il est plein d'images. Mais ? Quelle drôle d'idée, voyons ! J'ai fait ce livre pour les grands aussi, bien évidemment !

Si tu es petit, certains passages te sembleront peut-être mystérieux. Sois rassuré : tu pourras réfléchir un peu et deviner beaucoup. D'ailleurs les mots ne disent pas tout. Si tu en rencontres quelques-uns dont tu ne connais pas bien encore le sens, je suis sûre que tu trouveras près de toi une grande personne pour te les expliquer. Ce sera d'ailleurs une bonne chose, car ce livre est à partager.
Par exemple, tu dois te demander ce que signifient Les Riches Heures *?*
Comme je suis là pour l'instant, je vais te répondre : c'est une façon poétique et raffinée de parler de la vie de quelqu'un. Et raffiné, dans ce cas, signifie que j'ai employé des mots compliqués, comme Riches Heures, *pour dire quelque chose de simple, comme la vie.*

C'est donc la vie de Jacominus que tu vas découvrir dans ce livre.
Pourquoi LUI ? me demanderas-tu encore. Eh bien parce que, comme Jacominus l'a dit lui-même : sa vie valait la peine d'être vécue. Alors je trouve qu'elle vaut aussi la peine d'être racontée.
Et maintenant je t'entends d'ici dire : « Qu'est-ce donc qu'une vie qui vaut la peine d'être vécue ? »

Dans ce cas, je crois que je vais toussoter un instant et te répondre que je te prie de bien vouloir m'excuser, car je dois m'en aller, pour faire un autre livre. Tu poseras tes questions à quelqu'un d'autre.

Je te fais confiance, tu vas très bien te débrouiller.

R. D.

Directeur de publication : Frédéric Lavabre - Collection dirigée par Emmanuelle Beulque - Maquette : Xavier Vaidis.
© 2018, Éditions Sarbacane, Paris. www.editions-sarbacane.com - facebook.com/fanpage.editions.sarbacane - instagram.com/editionssarbacane
Tous droits de reproduction, de traduction et d'adaptation réservés pour tous pays. Loi n° 49-956 du 16 juillet 1949 sur les publications destinées à la jeunesse.
Dépôt légal : 2ᵉ semestre 2018. - ISBN : 978-2-37731-017-3 - Achevé d'imprimer en février 2022 chez Pollina.

Les Riches Heures de Jacominus Gainsborough

Rébecca Dautremer

SARBACANE

Quand Beatrix Gainsborough vit naître son dernier petit-fils, elle fut folle de joie.
« Il s'appellera comme son grand-père ! déclara-t-elle.
– N'est-ce pas un nom un peu long pour un si petit-petit ? demanda la maman.

– *Rubbish, darling!* rétorqua Beatrix. *Jacominus Stan Marlow Lewis Gainsborough* est un nom léger
et gracieux, qui ira à merveille à ce doux enfant ! »
Monsieur et Madame Gainsborough étaient si heureux de l'arrivée du nouveau bébé qu'ils voulurent
aussi faire plaisir à sa grand-mère. Ils prénommèrent donc leur fils *Jacominus*. Tout simplement.

On ne saurait dire précisément la date de son anniversaire.
Et pourtant Jacominus est bien né un jour précis, et précisément par là.
Madame Gainsborough était bien cette maman-ci en rouge et Monsieur,
vraiment ce papa-là, juste à côté.

Mais quand on y pense, si Jacominus était né plutôt ailleurs, et un autre
jour, d'une autre dame plus loin, et de ce gars là-bas, Jacominus n'aurait
pas été Jacominus !
Il se serait nommé Policarpe ou César, Agathon ou Byron.
Ou bien Léon, ou même Napoléon, peut-être ?
Il aurait été plutôt celui-ci en bleu, ou la petite boule rose à pois là-bas.
Ou peut-être lui avec ses plumes, ou l'autre avec ses grandes oreilles ?
Ou il aurait pu être TOI, tiens, pourquoi pas ?

En attendant, c'est bien de Jacominus dont parle ce livre.
Pas d'un autre.

Jacominus a eu la chance d'être attendu et aimé par sa famille et ses amis. Et cela l'a rendu fort.
Pourtant, son père avait mauvais caractère (ce qui leur compliquait la vie à tous)
et sa mère était bourrée de complexes (ce qui lui faisait dire pas mal de bêtises).

Jacominus lui-même avait quelques défauts, il faut bien le reconnaître.
Mais ses amis Policarpe, César, Agathon et Byron aussi. Et Léon et Napoléon tout pareil.

Ceux qui ont connu Jacominus dans son grand âge (c'est-à-dire tout à fait vieux)
ont du mal à se rappeler qu'il fut aussi un tout petit.
Or, Jacominus fut vraiment un tout petit-petit.
À cette époque-là, il aurait été difficile de savoir qui il allait devenir. Et de deviner
quel serait son caractère.

Il y a quelque chose, cependant, dont on put s'apercevoir très vite :
Jacominus était souvent dans la Lune.
Et c'est certainement là-haut, dans la Lune, qu'il fit aussi ses premiers pas.
C'est sans doute pour cela qu'il y eut la petite chute.
Cette petite culbute de rien du tout, ce roulé-boulé sans faire exprès.
Cette ravissante petite bûche, sans bruit, sur le tapis.
C'était un jour où Monsieur Gainsborough boudait pour un rien.
Un jour où Madame, mélancolique, songeait qu'elle aurait bien aimé le faire
quand même, ce pique-nique.
Un jour d'orage, qui menaçait mais n'éclatait pas.
Un jour où Policarpe était peut-être un peu trop turbulent, là, en haut des quatre
marches (celles qui descendent à la véranda.)

Et c'est bien là, du haut des quatre marches, que Jacominus prit cette petite bûche.
À compter de ce jour, une de ses pattes resta toujours plus fatiguée que l'autre.
Elle fit de son mieux pourtant, mais peine perdue, Jacominus garda sa patte folle.
(C'est ainsi que l'appelait sa grand-mère.)
« Un brin de folie ne fait de mal à personne », consola Beatrix.

De cette patte folle, Jacominus ne parla jamais par la suite.
On aurait pu croire qu'elle n'existait pas ;
Jacominus n'était pas très bavard.

Bien sûr, comme à chacun de nous, une place était destinée à Jacominus dans ce monde.
Il lui fallut du temps pour en être sûr.

Et encore davantage pour la trouver.

Jacominus en apprit un peu plus chaque jour.

Il apprit à écouter…

… à regarder…

à sentir…

Il apprit à prendre les devants…

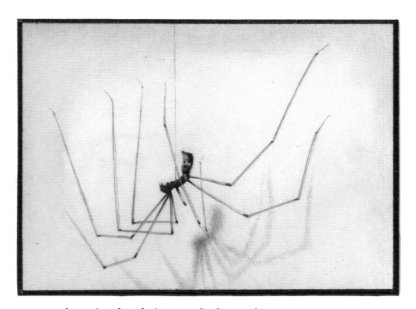

… à voir plus loin que le bout de son nez…

Il apprit à réfléchir avant de parler…

… et à parler pour ne rien dire (ce qui n'est pas la spécialité des enfants).

Il apprit à avoir confiance en lui…

… et à être patient (particulièrement avec Policarpe).

Puis il apprit à prendre des décisions…

… à se retenir de pleurer… (toujours, devant Douce Vidocq)

… et à se laisser aller, aussi.

Jacominus était petit, mais il aimait le grand. Il ne courait pas très vite, mais il était toujours assez loin. C'est-à-dire qu'il avait toujours l'air un peu absent, même quand il était bien là. Les autres lui criaient : « Reste avec nous quand même ! »

Jacominus aimait aussi beaucoup rester avec les autres. Surtout avec Policarpe
ou avec César, Agathon et Byron. Et avec Léon et Napoléon itou.
Et peut-être même avec Douce, là-bas. Mais il ne le disait pas.

Jacominus n'était donc pas très grand, ne courait pas très vite et, avouons-le,
il ne sautait pas très haut non plus.
Mais il ne s'en préoccupait pas beaucoup.
Cependant, il subissait quelques petites contrariétés, bien entendu.
Il ne parvenait pas à attraper une mouche, par exemple.
Il se sentait incapable de réprimer un bâillement.
Il n'arrivait pas à convaincre sa mère que la pluie ne mouillait que les autres, mais pas lui.
Il ne pouvait pas obtenir de sa grand-mère qu'elle le laisse s'asseoir en haut
des marches de la véranda.
Pire que tout, il ne pouvait pas passer tout son temps avec Policarpe.
Ni avec César, Agathon et Byron. Et avec Léon et Napoléon non plus.
Il fallait bien qu'il réserve quelques heures à ses leçons d'anglais, même si cela
le chiffonnait pas mal.

Alors Beatrix Gainsborough lui faisait remarquer :
« *Just a world of pain, Sweety!** »
Et comme Jacominus n'y comprenait rien, elle ajoutait :
« Celui qui n'a pas ce qu'il aime, doit aimer ce qu'il a ! »
C'était une grand-mère bilingue, loquace et philosophe.

Jacominus aimait tendrement sa grand-mère.
Pour rien au monde, il n'aurait voulu contrarier Beatrix
(et encore moins lui faire de la peine !).
Jacominus aussi voulait être philosophe.
Il renonçait donc aux mouches, à la pluie et à ses amis et retournait à ses cahiers d'anglais.
Mais le livre d'anglais qu'il préférait, c'était le premier tome de Wallace Mac Gregor,
Black Knight in the Night.
Très vite, il sut donc dire :
« *Fire and Brimstone! Look out, the Black Knight is approaching!*** »

Il lui fallut juste un peu de temps pour améliorer son accent.

---

* Un monde de douleur, mon chéri !
** Enfer et damnation ! Prends garde à toi, voilà le Chevalier Noir !

En anglais ou pas, Jacominus n'avait pas toujours besoin de philosopher.
Il y avait certaines choses dont il se fichait éperdument. (Alors que tout le monde semblait s'y intéresser, pourtant.)

Lui trouvait bien mieux ailleurs. Et il était heureux comme ça. C'est tout.

« Je parlerais l'anglais à la perfection et je monterais à cheval divinement.
J'étonnerais mes oncles bien trop graves, et mes voisines bien trop jolies
(surtout Douce Vidocq).
Je jouerais du luth avec brio, sans regarder les cordes ni me prendre au sérieux.
Tous riraient, car j'aurais toujours une bonne histoire à raconter.
Un prince très riche et sans enfants, charmé par mon talent, m'aurait légué sa fortune.
J'offrirais de somptueux cadeaux à ma famille et à mes amis.
J'en offrirais même à mes ennemis.
(Cela dit, je n'aurais plus aucun ennemi, car je serais aimé de tous.)
Je sortirais de l'embarras bien des gens.
Je serais généreux, avec élégance et discrétion.
Tous ceux que j'aime seraient heureux.
Ils me devraient un peu de leur bonheur, c'est vrai,
mais on dirait de moi : « Il a su rester simple. »
Je me montrerais courageux face au danger.
On ajouterait : "Il est de ceux qui sourient sous la douleur."
On raconterait qu'un jour, après une chute, je me serais relevé sans grimace,
et j'aurais fait : *"Fire and Brimstone! Won't hurt a bit!*"*
J'aurais plaisanté en pansant ma blessure.
À la vue de ma jambe blessée, Douce Vidocq aurait retenu ses larmes.
On clamerait partout : "Il a une classe folle."

Et on aurait raison ! »

---

* *Enfer et damnation ! Même pas mal !*

À force de philosophie et de voyages dans la Lune, Jacominus finit par parler l'anglais à la perfection. Avec un peu de temps, qui filait toujours, il apprit aussi le russe et l'italien. Puis le corse, et le latin. Un peu de perse et de kabyle.
« Et le vietnamien ? » disait Policarpe. D'accord pour le vietnamien.
Cela faisait tout de même beaucoup de langues pour quelqu'un qui parlait peu.

Et comme il comprenait un monde fou, il partit un jour sur un grand bateau, pour régler un tas de soucis, là-bas, au loin.
Sur le bateau, il y avait Policarpe. Il y avait aussi César, Agathon et Byron.
Il y avait même Léon et Napoléon. Mais Douce, elle, était sur le quai.
« Quel dommage, pensait Jacominus en la regardant. Partir sur place, c'est ce que j'aurais préféré… »

Jacominus croisa le chemin de beaucoup d'autres.

Certains qui lui ressemblaient…

… d'autres qu'il ne comprenait pas.

Certains qu'il a aimés sans retenue…

… d'autres avec qui il se sentait bien.

Certains qui l'ont bouleversé…

Certains à qui il aurait pu donner sa confiance…

Un tas avec qui il a parcouru un bout de chemin…

… ou d'autres dont il aurait dû se méfier.

Beaucoup qu'il a oubliés malgré lui…

… et d'autres à qui il ne dira jamais assez merci.

Il n'a pas été gagnant à tous les coups, bien sûr.

Mais il a pensé qu'il ne s'en sortait pas si mal, en fin de compte.

Il y a ceux qui n'ont pas de veine, et d'autres qui ont la poisse.
Il y a ceux qui ne comprennent rien à rien,
et d'autres qui ne se rendent pas compte.
Il y a ceux qui ne voient que le mauvais côté des choses,
et certains qui ne veulent rien savoir.
Y en a beaucoup qui n'osent rien dire, pas mal qui serrent les dents,
et un tas qui vont droit dans le mur.
« L'important est d'éviter d'être de tous ceux-là », s'encourageait Jacominus
quand il avait des ennuis.

Mais quand il regardait le monde en face dans ses mauvais jours
(parce que parfois, on ne peut pas faire autrement).
Quand il savait les autres dans la peine.
Quand les séjours dans la Lune et la philosophie ne suffisaient pas.
Quand Policarpe ne le faisait plus rire, et Agathon n'avait rien à raconter.
Quand César et Byron n'en pouvaient plus, et Léon et Napoléon pas davantage.
Alors Jacominus n'était plus très sûr de ce qu'il disait.
Et, non, il ne savait plus ce qui était important.

Il était triste, c'est tout.

Alors oui, il a trouvé la vie méchante, parfois.

Un jour, la grand-mère Beatrix, qui avait toujours un tas d'idées,
invita la famille entière dans le cimetière le plus joli du monde.
C'était pour son enterrement.
Comme chacun sait, les enterrements sont sur la liste des choses tristes
(et peut-être bien en numéro 1).
Dans le plus joli cimetière du monde, Jacominus ne disait rien
et ne pouvait presque plus penser non plus.
Il ne pouvait que sentir.
Il sentait Wallace Mac Gregor qui soupirait à ses côtés :
« *Miss you, my sweet little Granny**.
– Tais-toi », ordonnait Jacominus au Black Knight.
Et il se retenait de pleurer.
Comme il avait grandi !

Mais il sentit aussi autre chose, ce jour-là.
Il sentit qu'il aimait Douce Vidocq, de toutes ses forces.

Et bien plus tard, il put le dire franchement :
« *Fire and Brimstone!* Il était du tonnerre, cet enterrement ! »

---

* *Tu me manques, ma petite Mamie.*

Il a attendu son tour…

… son jour…

Jacominus a beaucoup attendu.

… son heure…

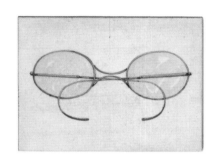

Il a attendu d'en savoir plus…

… d'être plus fort…

… le signal du départ.

… plus riche…

… plus beau…

Il a attendu Douce.

Il a attendu qu'elle le regarde…

… qu'elle parle de lui…

… et qu'elle lui dise oui.

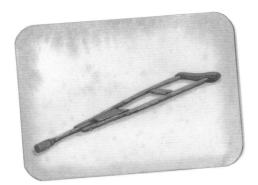

Il a attendu d'avoir le courage…

Puis il a attendu encore trois fois :

… une fois June…

… une fois Nils…

… et une fois Mona.

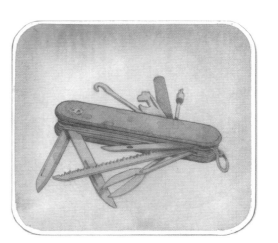

Alors il a attendu de savoir faire…
… d'y arriver…
… de comprendre…

À cette époque, Jacominus, qui était bien descendu du grand bateau, monta dans le train.
Le train-train de tous les jours. Mais le train-train allait vite ! Il fallait apprendre le russe et l'italien à June,
le corse et le latin à Nils, et le perse et le kabyle à Mona.

« Et le vietnamien ? » demandait Policarpe. « Oublions le vietnamien », rassurait Douce.
« Et l'anglais ? Quand même ! » protestaient Léon et Napoléon. Mais plus personne n'écoutait. C'était la cacophonie.
Alors Jacominus n'eut plus beaucoup de temps pour la philosophie et tout le reste.

Il est vrai qu'il y eut un moment où ses nuits eurent plus de fantaisie que ses jours. « Allons donc ! Voilà qu'il me faut dormir pour rêver, maintenant ? » se demandait Jacominus.

Autour de Jacominus, la cacophonie durait.

Alors que Nils se mouchait dans son oreille, il distinguait Policarpe
qui rappelait :

« Voyons, voyager sur place est ta spécialité ! »

Derrière June, grimpée sur sa tête, il entendait César encourager :

« Pas question de laisser tomber ! »

Et quand Mona reposait son sifflet, il percevait Agathon qui expliquait :

« Voilà que tu ne vois pas ton bonheur, tant il est grand ! »

Et faiblement, très faiblement, à travers la chanson des trois petits,
il devinait Léon qui se moquait :

« Tu vieillis, mon pépère ! »

et Douce qui riait :

« Tu ressembles à ton père, quand tu boudes ! »

Tout cela énervait Jacominus au plus haut point. Or, c'était exactement
ce qu'il lui fallait : s'énerver. Et peu à peu, il se sentit ragaillardi.

Ainsi donc, tout en devenant un peu pépère (Léon n'avait pas tort), Jacominus retrouva sa grande forme. Il ne partait plus aussi loin. Et il ne parlait pas beaucoup plus. Mais désormais, il savait dire à ses amis combien il aimait être avec eux. « J'ai tout compris, expliquait-il. On change, le temps passe, c'est ainsi. »

« Quelle forme il a ! s'émerveillait Léon.
– Il a vraiment *tout* compris ! » admirait Napoléon.
Jacominus n'attendait plus rien. Il profitait. Et c'était bien.

Comme on peut s'en douter, Jacominus, qui avait commencé tout petit-petit, avait fini par se trouver tout à fait vieux.

Il courait encore moins vite, sautait encore moins haut. Il commençait même à redevenir tout petit.

Il ne disait plus rien du tout. Il gardait ses forces pour le plus important : entendre encore un peu le souffle du vent dans les arbres du parc. Se souvenir du bruit de la pluie sur la véranda. Évoquer les cris des enfants dans la cour de l'école. Percevoir les petits pas mouillés des mouettes dans le sable à marée basse. Il voulait retrouver le bruit de la foule les jours de grandes courses. Le claquement de l'ombrelle de Douce Vidocq. La sirène du bateau qui quitte le port. Les pas fatigués de ses amis dans la neige. Le chant des chardonnerets dans le plus joli cimetière du monde. La robe de Douce qui s'accroche aux fleurs du chemin. Encore un peu de pluie sur les pavés. Encore les petits pas, les pleurs, les rires de June, Nils et Mona. La musique de ses rêves les plus étranges.

Et puis le gros caillou qui résonne un été, dans le pierrier de la montagne.

« C'est ça le plus important », soufflait-il.

Et quand il se concentrait vraiment, il lui arrivait même d'entendre Wallace Mac Gregor lui glisser : « *Fire and Brimstone! You got it right Jaco, you got it right!** »

---

* *Enfer et damnation ! tu as bien raison, Jaco, tu as bien raison !*

Vinrent une année et un jour de printemps. Un jour dont on ne connaît pas la date vraiment.
Un jour où Jacominus pensa : « Je n'ai pas été un héros, et ma vie a été simple.
Ce fut une petite vie, vaillante et remplie. Une bonne petite vie qui a bien fait son travail.

Je t'ai bien aimée, ma petite vie. Tu m'as donné une petite bûche, une patte folle et du fil à retordre,
mais je t'ai bien aimée. Et ma vieille, sais-tu ? Tu valais rudement la peine d'être vécue ! »
Et ce fut aussi le jour où Jacominus, tout doucement, s'endormit sous l'amandier.

Faisons le compte :

  293 pique-niques en famille
+ 1 petite bûche
+ 987 parties de cartes (209 perdues, 307 gagnées, 471 inachevées)
+ 121 verbes irréguliers
+ 3 chansons favorites
+ 1 rencontre plus importante que n'importe quelle autre
+ 3 ou 4 départs tristes
+ 1 sentiment d'impuissance
+ 78 364 rêves inoubliables
+ 1 394 prises de conscience
+ 948 487 a priori
+ 73 remises en question
+ 3 ou 4 retours attendus
+ 14 amis très fidèles
+ 3 ennemis
+ plusieurs petites inquiétudes
+ quelques grosses angoisses
+ 19 naissances, 25 enterrements (ou l'inverse)
+ 3 124 094 780 souvenirs
+ 1 collection complète de Wallace Mac Gregor, *Black Knight in the Night*

=

Les riches heures de Jacominus Gainsborough